A nuestra amiga Oblit Baseiria, porque sabe defender su río.
Gustavo, Miquel, Arianna

www.abuenpaso.com

Diseño gráfico: Estudi Miquel Puig
Corrección: Xavier Canyada

Impreso en China a través de Asia Pacific Offset

ISBN: 978-84-944076-6-6
Depósito legal: B 20990-2015

El río de los cocodrilos

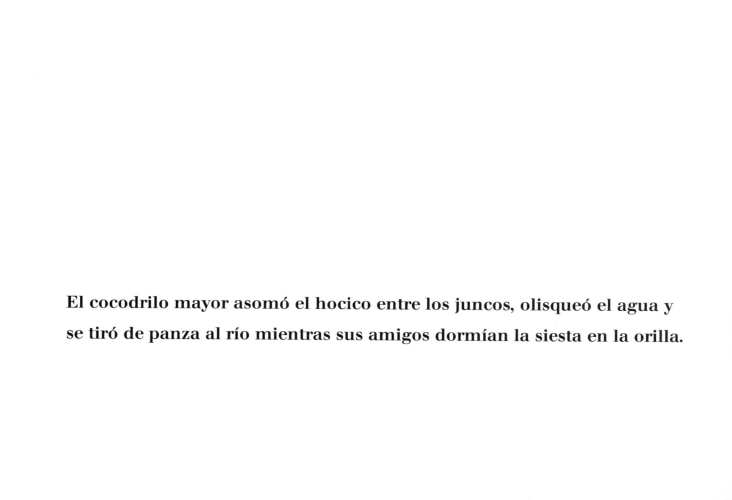

El cocodrilo mayor asomó el hocico entre los juncos, olisqueó el agua y se tiró de panza al río mientras sus amigos dormían la siesta en la orilla.

–Sin ninguna duda, este es el mejor lugar para un cocodrilo.

Dijo el cocodrilo mayor, dejándose mecer por el agua.

De pronto, entre las matas, se oyeron unos pasos pesados.

Un hombre vestido con un traje rojo
se abría camino hacia los cocodrilos.

–**Buenas tardes, cocodrilo** –dijo el hombre del traje rojo.

–**Muy buenas** –contestó el cocodrilo mayor–.

¿Qué lo trae por aquí?

–Vengo a decirle que usted y sus amigos deben marcharse de aquí, señor cocodrilo. Esta misma mañana he comprado este río.

Aquí lo dice.

–Ese papel no me dice nada de nada, señor del traje rojo.

Los cocodrilos no sabemos leer.

–Yo lo leo por usted, señor cocodrilo. Dice:

«EN ESTE CONTRATO CONVENIMOS QUE, A PARTIR DE ESTE MISMO MOMENTO, EL HOMBRE DEL TRAJE ROJO ES EL NUEVO PROPIETARIO DEL RÍO DONDE VIVEN LOS COCODRILOS».

Lo he comprado y pagado esta misma mañana con dinero CONTANTE y SONANTE, así que ya lo sabe, cocodrilo: usted y sus amigos se tienen que marchar.

–Contante y sonante…, esta misma mañana

–susurró el cocodrilo mayor.

–Y para más pruebas, señor cocodrilo, en la agencia donde me vendieron el río me dieron una muestra de agua en esta botellita, sacada de este mismo lugar, esta misma mañana.

Huela, huela, por favor, así no tendrá dudas.

El cocodrilo mayor olió el agua de la botella como si fuera un perfume.

–Huele bien –dijo el cocodrilo mayor–, se parece bastante.

Pero ¡no es esta misma agua!

¿Ve esa hojita que pasa flotando, señor?

Lo que usted compró es solo una porción de agua que se fue con el río esta misma mañana, igual que esa hoja se está yendo junto con el agua que la empuja.

Igual que se está yendo el agua de su botella,

señor del traje rojo.

–Como le dije antes, señor cocodrilo,

he pagado un montón de dinero **contante...**

–¡CONTANTE Y SONANTE!

–interrumpió el cocodrilo mayor–.

¿Piensa que todo ese dinero es tan CONTANTE como
los huevos que ponen nuestras hembras debajo de la
piedra que está pisando,

señor?

¿De verdad cree que todo ese dinero puede ser tan CONTANTE y tan SONANTE como los dientes de mis compañeros,

señor del traje rojo?

Los cocodrilos rugieron y dieron un coletazo sobre el agua, todos al mismo tiempo. El estruendo y el aguacero convencieron al hombre del traje rojo de que ahí no había más nada que hacer.

–¡ESPERE, QUE AÚN NO HEMOS TERMINADO!

–gritó el cocodrilo.

Un momento después, el cocodrilo mayor volvió a la orilla, olisqueó el agua y se tiró de panza al río.

–Sí, sí. Sin ninguna duda, este es el mejor lugar para un cocodrilo.

Dijo el cocodrilo mayor, dejándose mecer por el agua.